1

Un coussin à la guimauve

— Anouchka ! Viens vite. Quelqu'un vient de tourner la page couverture.

— Super ! Merci, maman ! Je finis de brosser les dents de Bouboule et j'arrive en courant.

Me voilà ! La seule, la vraie, la merveilleuse Anouchka De La Pétarade, version courte. Avec ma fée, bien sûr !

Ça me fait vraiment chaud au cœur de te revoir. En fait, je t'attendais. Suis-moi vite dans ma cabane suspendue. J'ai des tonnes de choses à te raconter.

Que dis-tu ? Où est Bouboule ? Elle se repose dans ma chambre. Elle va bientôt devenir maman, alors les siestes, c'est maintenant qu'elle doit les faire. Toi, en tout cas, tu as l'air en pleine forme !

Nous y voilà ! As-tu vu comme mes pissenlits ont grandi ? C'est mon *Opéra pour pissenlits* qui les rend si épanouis.

ANNIE GRAVIER

ILLUSTRÉ PAR ROSELYNE CAZAZIAN

Catalogage avant publication de Bibliothèque et Archives Canada

Gravier, Annie

Anouchka, Bouboule et compagnie
(Le monde merveilleux d'Anouchka)
Pour enfants de 7 ans et plus.

ISBN 978-2-89428-955-6

I. Cazazian, Roselyne. II. Titre. III. Collection: Gravier, Annie. Monde merveilleux d'Anouchka.

PS8613.R384A784 2007   jC843'.6   C2006-942177-3
PS9613.R384A784 2007

Les Éditions Hurtubise HMH bénéficient du soutien financier des institutions suivantes pour leurs activités d'édition:

– Conseil des Arts du Canada;
– Gouvernement du Canada par l'entremise du Programme d'aide au développement de l'industrie de l'édition (PADIÉ);
– Société de développement des entreprises culturelles du Québec (SODEC);
– Gouvernement du Québec par l'entremise du programme de crédit d'impôt pour l'édition de livres.

Éditrice jeunesse: Nathalie Savaria
Illustrations: Roselyne Cazazian, Studio Kazaz
Maquette de couverture: Diane Lanteigne
Graphisme et mise en page: Diane Lanteigne

© Copyright 2007
Éditions Hurtubise HMH ltée
Téléphone: (514) 523-1523 – Télécopieur: (514) 523-9969
www.hurtubisehmh.com

ISBN 978-2-89428-955-6

Distribution en France
Librairie du Québec/D.N.M.
Téléphone: 01 43 54 49 02 – Télécopieur: 01 43 54 39 15

Dépôt légal/2ᵉ trimestre 2007
Bibliothèque et Archives nationales du Québec
Bibliothèque et Archives du Canada

Imprimé en Malaisie en juin 2007

L'auteure

Annie Gravier travaille dans le domaine des communications depuis de nombreuses années. Initiée à la musique dès l'âge de six ans, elle découvre très tôt le pouvoir de la pensée positive. Son amour pour ses deux enfants l'incite à écrire la série « Le monde merveilleux d'Anouchka ». Annie est aussi l'auteure-compositrice de l'album de musique *Anouchka De La Pétarade, La trame musicale,* produit par ADLP Productions Inc.

Cette série se distingue par son but unique qui est d'utiliser l'imaginaire des enfants pour leur donner confiance en eux-mêmes. À travers les histoires et les anecdotes étonnantes de sa vie, l'intrépide Anouchka invite ses jeunes lectrices à découvrir la fée qui sommeille en elles, et à concrétiser sans peur et sans complexe leurs rêves les plus chers !

L'illustratrice

Roselyne Cazazian commence sa vie d'artiste en 1982 en peignant des portraits au pastel pour les touristes, l'été, dans le Vieux-Montréal. L'année suivante, elle a l'idée de peindre des t-shirts au *airbrush* et remporte un énorme succès qui l'amène à voyager aux Antilles, en Amérique centrale ainsi qu'en Europe. En 1996, elle s'essaie à l'infographie et travaille bientôt dans l'industrie de la mode où elle crée, comme graphiste, différentes collections de vêtements. En octobre 2004, Anouchka De La Pétarade entre dans sa vie avec son lot de bonnes nouvelles. Grâce à sa fée, Roselyne se consacre maintenant exclusivement à l'illustration.

Je le leur ai chanté encore hier. Lili et Pomket faisaient les harmonies. Eh bien, tu n'imagineras pas ce qui s'est produit. Ils ont dansé. Je te jure !

Tous les sept, do, ré, mi, fa, sol, la et si. Ils ont bougé leurs têtes en harmonie.

Assoyons-nous ici. Si tu te rappelles bien, c'est lors de mon voyage en Arctique que j'ai appris que Bouboule allait avoir des chiots. Selon mes calculs, les bébés devraient venir au monde vers la fin de juin, en même temps que la fin de l'année scolaire.

J'ai tellement hâte ! Cette naissance me touche personnellement, tu comprends. Bouboule, c'est comme mon enfant tellement je l'aime. Ce qui veut dire que dès qu'elle aura des bébés, je deviendrai automatiquement leur grand-mère.

C'est vrai que neuf ans, c'est très jeune pour être grand-mère, mais il faut dire qu'il m'arrive toujours des expériences qui sortent de l'ordinaire.

Oh! À propos de choses extraordinaires, attends de voir ma nouvelle invention. C'est un coussin à la guimauve. Crois-moi, il n'y a rien de plus confortable et ça sent bon en plus!

J'ai mis deux cents guimauves dans un sac de plastique et je l'ai recouvert de huit épaisseurs de satin blanc. J'ai trouvé le tissu dans la boîte à couture de ma mère. On dirait une guimauve géante!

J'ai pensé à tout, regarde. Je n'ai qu'à ouvrir la fermeture éclair sur le côté et je remplace le sac rempli de guimauves toutes les deux semaines. Comme ça, mon coussin reste toujours moelleux. C'est un peu d'entretien, mais le résultat en vaut la peine!

2

Une grand-mère sur le toit

Tu as donc devant toi une future grand-mère. Dis-moi, vois-tu souvent tes grands-mères ? Peut-être que tu n'en as plus qu'une de vivante, comme moi ?

La mienne s'appelle Babouchka. C'est la mère de ma mère adoptive. Elle est très… comment dire… surprenante.

Elle n'est pas du genre à tricoter des pantoufles ou à jouer au bingo. Elle se tient dans les chantiers de construction. C'est son travail.

Elle achète des terrains, elle y fait construire des maisons, puis elle les vend. Ses maisons sont faciles à reconnaître. Elles ont toutes une porte rose. Babouchka dit que ça rend les gens de bonne humeur.

Tout le monde la connaît parce qu'il n'y a qu'elle qui ose porter un casque de construction rose fluo. Il brille même dans le noir.

Il y a beaucoup de gens qui lèvent les yeux en l'air et qui disent qu'elle ne sait pas ce qu'elle fait, que c'est ridicule, qu'elle est trop vieille pour ce métier, mais Babouchka ne les écoute pas.

Elle fait comme moi et empêche les mauvaises pensées d'entrer dans sa tête. Et si les gens rient d'elle, elle rit avec eux deux fois plus fort. Elle est merveilleuse !

Pour se tenir en forme, elle a construit un mur d'escalade sur le côté extérieur de sa maison.

Elle grimpe sur le toit quatre-vingt-dix fois par mois. Ce qui veut dire environ trois fois par jour. Tu devrais voir ses mollets !

Ses voisins la trouvent bizarre et ont peur qu'elle se blesse, mais elle ne tombe jamais. Elle a confiance en elle et en sa fée. Et puis, de toute façon, même si elle tombait, elle ne se ferait pas mal parce qu'elle porte toujours le casque protecteur que je lui ai fabriqué. Il est rempli de guimauves pour la meilleure protection qui soit !

Babouchka adore les guimauves. Elle en raffole tellement qu'elle s'est acheté une machine pour s'en faire elle-même. Et attention. Elle n'en fait pas seulement des blanches. Ce serait trop ennuyant. Elle en confectionne des jaunes, des vertes et même des rayées multicolores.

Je suis très fière d'avoir une grand-mère comme elle. Tu l'aimerais beaucoup. Mais j'y pense ! Si on allait lui rendre visite ? Elle n'habite pas très loin.

— Salut, Lili et Pomket ! vous arrivez juste à temps ! On s'en va chez Babouchka, ai-je lancé, du haut de ma cabane.

— Trop *cool*, elle nous offre toujours des bonbons, a dit Pomket en souriant.

— Je vais chercher la future maman ! ai-je continué. Elle va nous accompagner. Une petite promenade lui fera du bien. Attendez de voir son ventre, comme il est gros !

— Salut, Bouboule. Oh ! C'est vrai que tu as grossi du ventre, ma belle, a lancé Lili en se penchant pour la caresser.

— Allez, en route, on va passer par le champ de pissenlits aux vaches à deux taches, ai-je décidé, joyeuse. On leur dira bonjour en passant.

— Y a que toi qui peux les approcher, Anouchka, a remarqué Lili. Tu as le don avec elles.

— Je n'oublierai jamais la fois où tu as réussi à en traire une ! s'est exclamée Pomket avec de grands yeux émerveillés.

— C'est vrai. Je voulais goûter à du vrai lait de vache. Évidemment, il faut être très copine avec elles, sinon elles ne se laissent pas faire. Je vous ferai goûter si vous voulez.

— Erk ! Non, merci, ont répondu Lili et Pomket en se regardant d'un air dégoûté.

— Regardez, les voilà. De toute façon, j'ai une meilleure idée ! ai-je répliqué en grimpant vite sur le dos d'une vache.

— Mais, comment as-tu fait ? s'est écriée Lili.

— Ha! Ha! Je connais un raccourci rigolo presto. Je vais traverser le champ de pissenlits à dos de vache. C'est super chouette!

3

Paroles de Coquin

— On est arrivées ! Elle n'a pas l'air d'être sur le toit. Je vais sonner.

La porte rose s'est ouverte très vite.

— Oooooohhhhhh ! Anouchka ! Bouboule ! Quelle belle surprise ! s'est exclamée Babouchka en nous voyant. Vous avez amené de la visite en plus. Entrez, les filles, j'étais en pleine discussion avec Coquin.

Coquin, c'est le perroquet de ma grand-mère. Il est bleu et aveugle. C'est très rare ! Il ne dit que des paroles qui remontent le moral. C'est Babouchka qui les lui a montrées.

— Mon beau Coquin, dis-nous une belle parole, lui a demandé ma grand-mère.

— Ce n'est pas le but de la promenade qui est important, mais les petits pas qui y mènent, a récité Coquin avec beaucoup de sagesse.

— Ah ! Comme c'est vrai ! Une autre, s'il te plaît ! a réclamé Babouchka.

— Une parole venue du cœur tient chaud pendant trois hivers.

— Magnifique ! On l'applaudit. Je ne me lasse jamais, nous a confié Babouchka.

— Où est grand-père Lionel? ai-je demandé.

— À sa séance d'entraînement de football. Il aurait tellement aimé te voir. Voici des jujubes et des guimauves. Servez-vous, mes chéries.

— Merci, Babouchka, avons-nous répondu en chœur en nous avançant vers le bol de friandises.

— Ouaf! Ouaf!

— Et pour toi, Bouboule, j'ai un bel os.

Le jour du mariage de mes grands-parents, leur gâteau de noces était recouvert de mini-guimauves et de jujubes de toutes les couleurs! Personne n'avait jamais vu un tel dessert.

Dring! Dring!

— Encore mon cellulaire!
Excusez-moi. «Maisons
de rêves Babouchka,
bonjour?»... Comment?
Vous en êtes certain?...
Alors, je l'achète!
Absolument!... Oui,
demain, j'y serai. Merci!

Babouchka a lancé son
cellulaire dans les airs et a fait la
grande roue en plein milieu du salon.

— Je rêve depuis des années de bâtir une
maison en haut d'une montagne et j'ai enfin
acheté le terrain idéal, a annoncé Babouchka.

— Puisque la montagne ne vient pas à nous,
allons à la montagne, a récité Coquin.

— Ha! Ha! En tout cas, ta roue était parfaite, Babouchka! me suis-je exclamée en riant.

— Assez parlé de moi. Et toi, Anouchka, quoi de neuf dans ta vie?

— Je vais être grand-mère!

— Non!

— Oui!

— Ne me dis pas que...

— Oui, Bouboule va avoir des bébés chiens!

— HAAAAAAAAAAAAAA AAAAA!!!!!!!!!!!

Le cri de joie de Babouchka était si fort que Bouboule s'est couchée par terre et a protégé ses oreilles avec ses pattes.

— Mon Dieu, Anouchka! Quelle émotion! Te rends-tu compte de ce que tu dis? Je vais être arrière-arrière-grand-mère!

— HAAAAAAAAAAAAAAAAAAAAA!!!! avons-nous repris ensemble, tout excitées.

— Qui est le père?

— Il s'appelle Loco. C'est un husky sibérien que Bouboule a rencontré à bord du brise-glace. Ça a été le coup de foudre pour tous les deux.

— Ah! Le coup de foudre, ça change des vies. C'est ce qui m'est arrivé à moi aussi, Bouboule.

De l'amour et des jujubes

— Je me souviens de la première fois que j'ai vu ton grand-père. J'ai tout de suite compris qu'on était faits l'un pour l'autre. Je n'avais que cinq ans, mais je...

— CINQ ANS??? avons-nous crié à l'unisson, Lili, Pomket et moi.

— Oui. C'était au dépanneur du coin, devant le comptoir de bonbons. J'ai choisi un sac de guimauves et lui, des jujubes de toutes les couleurs.

Avec les années, nos regards se croisaient régulièrement au même dépanneur. On achetait toujours la même chose, même quand on n'avait plus faim.

Puis, un jour, je devais avoir neuf ans, Lionel s'est avancé vers moi et m'a offert un de ses jujubes. Je lui ai souri et je lui ai offert une de mes guimauves. Ce fut le début d'une longue histoire d'amour.

Vers l'âge de vingt ans, nous partions souvent les fins de semaine faire du camping sauvage dans les bois. Nous étions inséparables. Nous avions même fait souder nos deux vélos de montagne ensemble tellement nous voulions tout partager. Le plus excitant, c'était de descendre les grosses côtes en tandem dans les ravins. On était les seuls à faire ça.

— Vous n'aviez pas peur de tomber? a demandé Lili en se frottant le sourcil.

— Non, j'adorais la vitesse. On avait tous les deux une passion pour les sports extrêmes. Et le soir, pour me faire plaisir, Lionel m'allumait un feu de camp et me faisait griller des brochettes entières de guimauves trempées dans du jus de fraise. Ça, c'est de l'amour !

— Grand-mère, raconte-leur comment grand-père t'a demandée en mariage.

— Ah ! Lionel avait caché une bague dans une guimauve. Mais les choses ne se sont pas passées comme il le croyait. Dès que j'ai vu la guimauve, je l'ai avalée tout rond. Lionel m'a regardée et a éclaté de rire.

— Hein ? Et la bague ? Où est-elle ? ont voulu savoir Lili et Pomket.

— Elle est toujours dans mon ventre. On en rit encore aujourd'hui. Hi! Hi! Le jour de notre mariage, mon alliance était faite de guimauve et la sienne, de jujubes. De toute façon, quand on se marie, ce n'est pas la bague qui compte, c'est ce qu'on a dans le cœur.

Nous avons fêté notre cinquantième anniversaire de mariage l'an dernier. On voulait faire quelque chose de spécial, alors on a décidé ensemble de sauter d'un avion en parachute. Moi, en robe de mariée et Lionel, en habit. C'était extra! On se tenait les mains et on volait dans le ciel comme deux tourtereaux!

— Chanceuse! Dis-leur ce que tu as vu là-haut? ai-je demandé.

— C'était magique. J'ai vu des ballons avec chacun de nos noms écrit dessus. C'est une chose que je n'oublierai jamais.

Pomket était très intriguée.

— Comment ça ? Quels ballons ?

— J'en ai déjà parlé à Anouchka. OK, je vais vous le dire à vous aussi. C'est un des plus grands secrets de la terre. C'est ma grand-mère qui me l'a dit quand j'étais petite.

Fermez les yeux, toi aussi Bouboule, et imaginez que le ciel est un immense entrepôt de cadeaux. Chaque chose que vous désirez est enveloppée dans un ballon qui porte votre nom. Ce ballon flotte au-dessus des nuages et il est attaché par une corde.

Quand vous voulez quelque chose, vous n'avez qu'à tirer sur la corde du ballon pour le faire venir vers vous. Plus vous êtes convaincues que vous l'aurez, plus votre ballon descend vite vers vous.

Mais si, pendant que vous tirez sur la corde, vous avez un doute ou une pensée négative, alors là, le ballon remonte immédiatement au ciel et la corde vous glisse entre les mains. Tant pis. Trop tard. Le ballon s'échappe parce que vous n'êtes pas prêtes à recevoir cette chose. Le ballon reste alors suspendu dans le ciel, immobile, à attendre que vous vous décidiez.

Suivez mon conseil, tirez sur votre ballon et ne le lâchez jamais. Il vous est destiné et il attend que vous veniez le chercher. Restez confiantes, les filles, et continuez de parler à vos fées, car elles savent comment faire descendre les ballons mieux que n'importe qui.

— Vous aussi, vous croyez aux fées ? a murmuré Pomket, avec un sourire.

— Dur comme fer ! a répondu Babouchka avec un clin d'œil.

5

Quand je serai grande,

je serai...

Le lendemain dans la cour d'école, Lili et Pomket m'ont reparlé de l'histoire du ballon dans le ciel. Je suis certaine qu'elles ont fait des vœux et qu'elles ont commencé à faire descendre leur ballon.

Dans mon cours de français, Pomket et moi nous sommes mises en équipe pour faire un exposé oral devant la classe. Nous avons tiré au hasard la question suivante : *Que veux-tu faire quand tu seras grande ?*

— Et ce que l'on accomplit quand on est enfant, ça ne compte pas ? ai-je protesté.

Pourquoi attendre de devenir adulte pour accomplir ses rêves ? Moi, je n'attends pas. Après tout, j'ai neuf ans d'expérience de fée, ce n'est pas rien !

— Je crois qu'il faut parler du métier qu'on aimerait faire plus tard, m'a expliqué Pomket. Moi, j'aurai une garderie pour chiens.

— Je ne savais pas que tu aimais les chiens à ce point-là. Pourquoi n'en as-tu pas un ?

— Mes parents disent que ça coûte trop cher. Quand je serai grande, j'aurai des tas de chiens plein ma maison. Et toi, que feras-tu quand tu seras grande ?

— Voyons voir, je suis déjà écrivaine, pianiste, violoniste, chanteuse, danseuse, inventrice, éleveuse de chien, championne de course, décoratrice... Donc, quand je serai grande, je serai... et qui a dit qu'il faut choisir seulement un métier ? Je préfère ne pas me fixer de limites.

— Mais si tu avais une boutique... qu'est-ce que tu vendrais ? a demandé Pomket.

— Du pétillant pour les yeux ! J'offrirais de la bonne humeur.

— Mais voyons, Anouchka, ça ne s'achète pas, de la bonne humeur, a raisonné Pomket.

— Si. Je vendrais la recette de ma soupe à la détermination, des parapluies contre les mauvaises pensées, des chansons qui remontent le moral, des couvertures ultradouces pour bébés, des barrettes brillantes et des livres sur le pouvoir des fées.

Mais la plus belle chose que je pourrais vendre serait une petite fée magnifique et étincelante pour accrocher en haut d'un sapin de Noël. Elle aurait les joues roses et elle battrait des cils et des ailes en même temps. Tout le monde se l'arracherait !

— Wow ! En tout cas, tu serais une bonne vendeuse, m'a assuré Pomket.

— Merci. Il y a tellement de choses que je veux faire ! Une chose est sûre, quand je serai grande, je vais continuer à faire du sport. Je vais suivre l'exemple de mes grands-parents. Ils sont en super forme physique ! Lionel est le capitaine de son équipe de football.

— Tu blagues !

— C'est la vérité. Il a commencé à jouer à l'âge de dix ans et il joue encore à soixante-dix ans. Babouchka va toujours le voir jouer. Elle lui lance des jujubes pour l'encourager.

— Trop *cool*. Ils sont restés des enfants dans leur cœur.

— Ouais ! Une chance qu'il y a des gens comme eux. Ça donne de l'espoir ! Moi, quand je serai grande, je serai en forme.

— Moi aussi ! On jouera encore au ballon-chasseur et à la marelle ! a affirmé Pomket d'un ton décidé.

— C'est sûr ! ai-je conclu.

6

Bouboule devient maman

C'est dans la nuit du 22 juin que les chiots de Bouboule ont décidé de venir au monde. J'avais préparé un coin spécial dans ma chambre, mais ce n'est pas là que Bouboule a choisi de s'installer.

Elle m'a réveillée en faisant des sons étranges. Le bruit était plus fort que le ronflement de mon père. Crois-moi, c'est dur à battre.

Puis, elle s'est mise à tourner en rond. Elle a fait le tour de la maison avant de se coucher dans un coin sombre de la cuisine. Je l'ai suivie sur la pointe des pieds.

— Je suis là pour toi, Bouboule. Tout va bien se passer.

Je suis allée prévenir mes parents et ma petite sœur Caroline. Ils se sont empressés de me rejoindre. Ils étaient aussi excités que moi.

Nous avons laissé la lumière fermée, car une chienne qui accouche préfère un endroit sombre et tranquille. Je l'ai lu dans un livre à la bibliothèque. Il ne faut surtout pas trop l'approcher.

Nous avons allumé un tas de bougies et nous nous sommes assis en silence comme pour regarder un spectacle.

Une heure plus tard, nous étions toujours dans l'attente du premier venu. À ce moment-là, j'ai commencé à me ronger les ongles et à faire les cent pas dans la cuisine.

J'avais tellement hâte de voir les bébés. Je n'arrêtais pas de répéter : « Pousse ! Pousse ! » Mais Bouboule ne semblait pas apprécier et me regardait d'un air paniqué.

— Patience, Anouchka, m'a dit ma mère. La nature fait bien les choses. Ta présence suffit à réconforter Bouboule.

Alors, j'ai arrêté de parler et les choses se sont déroulées normalement. C'est à 2 h 44 que le premier chiot est né. C'était merveilleux. Il était tout noir, de la grosseur de ma main.

Bouboule me regardait d'un air de dire : « Est-ce que c'est fini ? Dis-moi que c'est fini ! »

Je lui répondais que non, qu'il y en avait sûrement d'autres.

Savais-tu que les bébés chiens viennent au monde aveugles et sourds ? Ils ouvrent leurs yeux seulement deux semaines après la naissance et entendent à partir de la troisième semaine.

Les bébés savent où est le lait et s'y rendent en rampant dès la première minute de vie. C'est moins drôle pour la mère qui doit continuer à accoucher des autres bébés pendant que les nouveau-nés s'accrochent à ses tétines.

Le deuxième chiot est venu au monde à 3 h 17. Celui-là était noir, brun et blanc. Un troisième chiot tout blanc est arrivé vingt minutes plus tard et un quatrième, tout gris, pas longtemps après.

Quelle belle portée ! Deux mâles et deux femelles. Je suis grand-mère quatre fois. J'ai nommé les bébés : Boule, Boulette, Bobby et Bobette.

Bouboule les léchait doucement et avait l'air très fatiguée. Après avoir éteint les bougies, mes parents et ma sœur sont repartis se coucher. Quant à moi, je suis restée et je me suis endormie sur le plancher de la cuisine.

7

Le grand saut

Vers cinq heures du matin, Bouboule s'est mise à aboyer cinq fois. C'est notre code de cinq mots qui veut dire : Dépêche-toi de venir m'aider !

J'ai immédiatement ouvert les yeux en sursautant. Je savais que quelque chose n'allait pas.

Bouboule avait sa patte sur Boulette. La pauvre petite ne bougeait pas. Je l'ai prise dans mes mains. Elle ne respirait pas ! Bouboule me regardait, très inquiète.

— C'est juste qu'elle dort très profondément. Ohé ! Boulette, réveille-toi avant que tes frères et ta sœur boivent tout le lait. Allez, respire ! Ohé ! Ce n'est pas parce que tu es sourde que tu ne peux pas sentir ma présence.

J'ai commencé à lui masser le ventre, à lui lever les pattes par en haut, par en bas, à droite, à gauche. Je l'ai même chatouillée. Rien. Elle ne respirait toujours pas.

— Ma fée, dis-moi ce qu'il faut faire pour qu'elle respire. Toute seule, je n'y arrive pas, mais avec ton aide, je réussirai.

Ma fée m'a soufflé ces mots à l'oreille : de l'air. Et si je l'amenais dehors ? Un peu d'air frais lui ferait sûrement du bien.

En sortant pour aller dans la cour, j'ai glissé sur ma corde à sauter qui traînait sur le balcon et je suis tombée par en arrière en lançant Boulette dans les airs.

Pendant que je tombais, je l'ai vue rebondir sur le trampoline et ensuite revoler dans la piscine.

— Oh non! ai-je crié, complètement affolée.

Je me suis relevée très vite et, sans aucune hésitation, j'ai plongé dans la piscine en pyjama. J'ai vite sorti Boulette de là et j'ai couru à l'intérieur pour nous réchauffer. Je l'ai frottée sans arrêt avec un linge à vaisselle. Je n'arrêtais pas de répéter : Respire !

Puis, elle a fait le plus long bâillement que j'ai jamais vu. C'était merveilleux ! Et là, j'ai perdu connaissance.

Je me suis réveillée dans mon lit avec un pyjama sec et un mal de gorge. Mes parents m'avaient vite ranimée et changée.

— Anouchka ! Qu'est-ce qui t'a pris ? m'a demandé ma mère d'un air fâché.

— Boulette… comment va Boulette ?

— Elle va bien. Tu l'as sauvée.

— Je suis contente, ai-je murmuré.

— Moi aussi, a répondu ma mère. Mais que je ne te revoie JAMAIS plonger dans

la piscine en pleine nuit! Compris? Tu n'es qu'une enfant!

— N'oublie pas, je suis aussi grand-mère maintenant.

— C'est encore pire! a répliqué ma mère. Une grand-mère dans une piscine à cinq heures du matin, tu ne trouves pas ça un peu inquiétant?

— Pas si cette grand-mère s'appelle Anouchka, lui ai-je dit en souriant. Et puis, tu aurais fait la même chose si tu avais été une grand-mère.

Je me suis endormie en tenant la main de ma mère et en remerciant ma fée. Finalement, le « combo » trampoline piscine était ce qu'il fallait pour réveiller le plus endormi des chiots. Je n'y aurais jamais pensé !

Tu vois ? Les fées trouvent toujours un moyen quand on leur demande de l'aide.

57

8

542 mercis !

Boule, Boulette, Bobby et Bobette ont maintenant six semaines. Ils sont vraiment adorables même si ces dernières semaines n'ont pas été de tout repos.

C'est du boulot de garder quatre chiots. Mais une bonne grand-mère ne recule devant rien. Pomket est venue me donner un coup de main. Elle a le tour avec les chiots. Boule, en particulier, est toujours collé sur elle.

Au début, je voulais tous les garder. Mais après avoir ramassé des crottes cinq fois en une journée, j'ai vite changé d'idée. Mon père m'a aussi expliqué qu'il est préférable de trouver un bon maître pour chaque chiot. C'est ce que j'ai l'intention de faire. Bouboule compte sur moi.

Il n'est pas question de les vendre ni de les donner à n'importe qui. Mais je ne m'inquiète pas, j'ai déjà demandé à ma fée de me guider vers les bonnes personnes en m'envoyant des signes. Et puis, je suis persuadée que ce sont les chiots eux-mêmes qui choisiront leur maître, comme je l'ai fait avec mes parents dans l'orphelinat.

Le premier signe est survenu dès le lendemain matin.

Boulette a allumé le téléviseur lorsqu'elle a marché sur la télécommande. Une journaliste parlait d'une famille qui avait tout perdu après l'incendie de sa maison.

On voyait une petite fille qui pleurait dans les bras de sa maman. Elle tenait un petit chien en peluche tout noirci par le feu. C'était triste. Puis, j'ai remarqué que Boulette était le seul chiot à avoir le regard fixé sur le téléviseur.

— AHA !... ça, c'est un signe de ma fée !

Boulette venait de choisir la petite fille comme maîtresse. Quoi de mieux pour lui remonter le moral qu'un vrai bébé chien ? Avec l'aide de mes parents, j'ai retrouvé la petite fille et sa famille et nous leur avons amené Boulette. La petite fille était folle de joie. Ses larmes avaient disparu. Elle m'a remerciée au moins 542 fois ! Nous savions tous que Boulette recevrait beaucoup d'amour dans cette famille.

Le deuxième signe est survenu dans un de mes rêves. J'ai rêvé qu'une vieille dame adoptait Bobette. Je ne la connais pas, mais, dans mon rêve, elle portait un chandail jaune vif. C'est bon signe. Quelqu'un qui porte un chandail de cette couleur-là doit être de super bonne humeur !

C'est trois jours plus tard, en rendant visite à Babouchka et Lionel, que j'ai aperçu la vieille dame au chandail jaune en train de parler avec eux.

Imagine-toi que c'est une amie de Babouchka. Elle s'appelle Irma. Elle venait signer un contrat pour acheter la maison que Babouchka va construire sur la montagne.

Lorsque je lui ai demandé si elle aimerait adopter un chien, elle s'est dépêchée de répondre oui et que, depuis trois jours, elle n'arrêtait pas de penser à ça. J'ai remercié ma fée pour ce deuxième signe.

Bobette et Irma sont maintenant inséparables. Elles auront une vie très heureuse à la montagne dans la belle maison que Babouchka aura construite.

9

Le bonheur est dans le panier

Il ne restait que Boule et Bobby. Un jour que je les promenais en ville avec Bouboule et Babouchka, Bobby s'est avancé vers un jeune itinérant assis sur le trottoir. Il avait des cheveux longs et un trou dans son pantalon. Lorsqu'il a vu Bobby, son visage s'est illuminé et ses yeux sont devenus ultrapétillants.

— Il est magnifique. Si j'avais un chien comme ça, je me sentirais comme un roi !

— C'est vrai ? Hmmmm, Bouboule, qu'en penses-tu ?

Bouboule voyait à quel point le jeune homme était heureux en compagnie de Bobby. Elle m'a regardée et m'a dit oui avec sa tête.

— Parfois, les humains peuvent avoir plus besoin d'un chien que le chien a besoin de l'humain, m'a expliqué

Babouchka. Un chien ne juge pas son maître, il ne fait que l'aimer.

— Alors, je te fais roi! ai-je déclaré en lui tendant fièrement la laisse de Bobby.

— Quoi? Tu me le donnes! s'est exclamé le garçon. Wow! Merci!

Quant à Boule, j'avais une petite idée derrière la tête. Une belle surprise pour quelqu'un qui le mérite bien. J'ai pris le téléphone et j'ai composé le numéro de Pomket.

— Salut, Pomket. Viens vite me rejoindre dans ma cabane. Il y a quelqu'un qui veut te voir. Ça ne peut pas attendre.

Pomket se demandait ce qui se passait.

Je l'ai vue arriver en bicyclette du haut de ma cabane. J'avais tout préparé.

— Ohé! Pomket! Ne bouge pas. Quelqu'un veut absolument te voir. Je vais le faire descendre dans le panier.

— C'est qui? a crié Pomket, intriguée.

— Ne dis rien, attends de voir! J'ai attaché au panier un ballon bleu gonflé à l'hélium et j'ai écrit *Pomket* dessus en lettres brillantes.

Pomket regardait le ballon descendre vers elle, d'un air étonné. Une fois le panier au sol, elle s'est légèrement inclinée en sa direction.

— Mais, Anouchka, il n'y a personne dans ton panier.

— As-tu bien regardé au fond?

Pomket s'est penchée vers le panier et a vu le petit tas de poils blancs et les yeux bleus de

Boule qui la fixaient. Je lui avais mis un petit ruban bleu au cou.

— Il est pour toi, lui ai-je dit en sautant d'une branche d'arbre pour la retrouver.

Pomket m'a regardée d'un air tellement surpris. On aurait dit qu'elle venait de voir une apparition. Elle a pris Boule dans ses bras, puis ses yeux se sont remplis de larmes de joie. Elle m'a dit d'une voix pleine d'émotion :

— C'était mon vœu ! Un chien. C'est ce que j'ai demandé à ma fée !

— Ça alors ! Ta fée a dû parler à la mienne !

— Toi, alors, tu me fais toujours les plus belles surprises. Merci, Anouchka ! Merci, ma fée ! Je cours le montrer à ma famille.

— Hé, Pomket, n'oublie pas ton ballon !

— Ah oui, mon ballon, il est descendu plus vite que je pensais. Babouchka avait raison. Il faut rester confiante !

Depuis que les chiots ont quitté la maison, tout est redevenu comme avant. Je dirais même que Bouboule et moi sommes encore plus proches qu'avant. Nos rôles de mère et de grand-mère nous ont appris beaucoup de choses. Dire au revoir aux bébés a été difficile, mais en voyant le bonheur des quatre nouveaux maîtres et en repensant à tous les beaux moments que nous avons vécus, je ne pouvais m'empêcher de sourire.

Je comprends maintenant les paroles de Coquin quand il disait que ce n'est pas le but de la promenade qui est important, mais les petits pas qui y mènent.

Je pense que ça veut dire que chaque journée de bonheur est un petit pas sur la route de la vie.

TABLE DES MATIÈRES